記憶する水

新川和江

思潮社

記憶する水

新川和江

思潮社

記憶する水

新川和江

目次

装幀＝思潮社装幀室

I

遠く来て

一滴の水をもとめて
遙かなところからわたくしはやって来ました
ようやっと辿りついた大河には
多くの生命体がむらがり
両岸には大都市が繁栄していました
欲望に膨れた腹を剝き出しにした水死人が
浮きつ沈みつ流れてゆくのも目にしましたが
わたくしは尚　一滴の水にかかわく者です

一片の火種を探して
永遠に続くかと思われる闇の中をわたくしは来ました
大きな火は要らなかった
豆粒ほどの燠がひとつあれば
闇の中　手探りの手が触れて結ばれたあのひとと

わたくしのための一椀ずつの粥を炊き
互いの目を見詰め合うこともできる明りを
育てることが　わたくしにはできましたから

わたくしの踏むひと足ひと足を
土は鷹揚に受けとめてくれました
今　わたくしが立っているこの土がそうです
走ってゆく子供の脚を無惨に吹きとばす
悪魔の球根などではなく
柔らかな緑の芽をふく種子だけを蓄えている土
生ききってやがて地に崩折れるわたくし達を
そっくり抱きとってくれる　あたたかな土です

記憶する水

水には記憶する能力がある[*1]　という
それはたしかなことだ
雨あがりの濡れた芝生に立ち
道のほうを見るともなしに眺めていると
庭下駄をつっかけた素足の
つま先や踵から這いのぼってきた湿気が
——おとどの牛車《くるま》は
　今しがた　こちらを気にしいしい
　　素通りして行かれましたよ
などと言う　なんとまあ古き世のことを！
身を灼くほどに焦がれた人が
わたしにもあるにはあったが　今はもう
貌かたちもおぼろな　遠いまぼろしである
けれどそのように言われてみると

道の奥に住む女への千年前の嫉妬が
鬱勃と
血の中によみがえってくるから　不思議だ

たぷたぷたぷ
木の香もあたらしい盥《たらい》に張られて
誕まれたばかりのわたしを
浮かばせていた　あのやわらかな温かい水
天と地のあいだを
幾度となく往き来しながら
呼ばれればすぐわたしの湯船に走ってきて
草臥《くたび》れた体とこころを
湯となって懇《ねんご》ろにほぐしてくれる水
わたしの中にも〈記憶する水〉が息づいていて

二つの水は　韻《ひび》き合う
産湯のときに覚えたリズムが
どちらも大の気に入りなのだ
わたしはうっとり目を閉じている
たぷたぷたぷたぷ　たぷたぷ

時折わたしは散歩に出て
近くを流れる川のほとりを逍遥する
〈わが名を水にしるせし者ここに眠る〉
みずからの墓碑銘を遺して死んだ詩人[*2]をまねて
岸辺に屈み　指先をひたし
水のおもてにわが名を書く
夕暮れは蛍のむれに青い光をまたたかせ
明けがたは露草のむらさきを涙ぐませ

石斑魚《うぐい》の腹を
なまめかしい婚姻色に染めあげたりもする
水よ　とわたしは呼びかける
――覚えていておくれ
地上のすべてがわたしを忘れても
わたしがわたしを忘れてしまっても
おまえだけは記憶にとどめていておくれ
今度会うときは
ぼうと霞んだ向う岸かも知れないが

＊1 朝日新聞「天声人語」（〇三・一〇・二二）による。この研究を発表したフランスの科学者は、九一年、第一回イグ・ノーベル賞を受賞。この賞は、まじめな研究や功績に与えられる賞で、米ハーバード大学出身の雑誌編集者が創設。因に賞名は、「イグノーブル（不名誉な）」のもじりである由。

＊2 英詩人ジョン・キーツ（一七九五〜一八二一）。ローマで客死。『エンディミオン』『ギリシャ古瓶のうた』ほか。

ときどき自分が…

ときどき自分が
ほったらかしにされた遠くの畑のように
思えることが　わたしにはあります
走って行って伸び放題の雑草をむしり
ていねいに土を耕し　畝をたて
時無し大根や
莢いんげんの種を播きたいのですが
雑用がわたしの足腰にまつわりついて
放してくれないので
とんで行けないのです

ときどき自分が
田舎道のバス停の朽ちかけたベンチに
置き去りにされた子供のようにも

思えることが　わたしにはあります
日が暮れかかる頃
駐在さんが自転車でやってきて
おうちはどこ？　名前は？
と優しくたずねてくれるけれど
はっきり答えられるかどうか
ずうっと黙りこくっていたので　のどが
詰まってしまっていて

わたしが遠い　わたしが
遠いのです　ここにいるわたしは何なのだろう
錆びた船腹に
びっしり牡蠣の貼りついた　廃船のようです
永いこと航海にも出ていないのです

ほんとうは　わたしは
嬉嬉として沖に舞いあがる海雲雀かも知れないのに
誰かにはだしの足跡をつけられたがっている
渚の濡れた砂かも知れないのに

欠落

わたしは
蓋のない容《い》れものです
空地に棄てられた
半端ものの丼《どんぶり》か　深皿のような…

それでも　ひと晩じゅう雨が降りつづいて
やんだ翌朝には
まっさらな青空を
溜った水と共に所有することができます

蝶の死骸や　鳥の羽根や
無効になった契約書のたぐいが
投げこまれることも　ありますが
風がつよく吹く日もあって

きれいに始末してくれます

誰もしみじみ覗いてはくれませんが
月の光が美しく差しこむ夜は
空っぽの底で
うれしくうれしく　照り返すこともできる

棄てられている瀬戸もののことですか？
いいえ　わたしのことです

真夏の木

真夏になると　木は
樹下に漂う憂鬱を　いっそう深くする
枝枝は重たげに肩をおとし
炎天のもと
梢は　悄然とうなだれる

われにもあらず
過剰な葉をつけてしまったことを
木は　愧じているように見える
多感なひとが
思いをもて余しているようにも

稲妻が
オノを振りおろしてくれることを

木は　せつなく待ちのぞんでいる
だが　雷はこの午後も
遠くの空で鳴っているばかりだ

ひととき　驟雨がくる
まぎれて　木は
おびただしい葉先から　涙を
ふりこぼす

ワイパー

ちいさな雨が好きです
てのひらに受けても
しっとりと湿らすだけで　窪みにもたまらぬ雨
「女のてのひらも　年をとるのかねえ
筋目が深くなって　複雑にもなっている
教室の窓から
差し出してわたしを受けてくれたきみの手は
ほっそりやわらかだったがねえ
あれからわたしも
天と地の間を往ったり来たりしていて
自分の年齢《とし》を数えたことも無いが
奇遇だねえ　こうしてまた
きみの手に出会えるとは」

ちいさな雨が好きです
雨はぽつぽつ　こんなひとりごとも言う
「あの時土砂降りだったのは
　バーグマン　彼女のほう
　だったんだがねえ…」
ああ　あの映画
往年の名女優　イングリッド・バーグマン
題名は思い出せないが
わたしもつよく印象づけられている　その場面
恋人と訣別し
夜更けの通りへとび出してきた彼女が
車を発進　あてもなく走らせながら
つとワイパーを作動させた
雨など降っていなかったのに

フロントガラスをしとどに濡らし
前方を霞ませていたのは
とめどなく溢れる彼女の涙だったのに――

「乾いたガラスを規則正しく擦《こす》る音は
撮り終えてもまだ続いていたよ
そろそろ降り出そうとして
すぐ上の空まで行っていたんだが…」

ワイパーが必要だった秘めごとが
わたしにもひとつやふたつ
無かったわけではないのだけれど
「見ていなかったねえ　それは
何しろわたしは

遠い国を長年旅していたからねえ
憶えているのは
ひらきかけの蓮《はちす》の花のようだった
きみのてのひらの感触だけだよ」

星がめぐり
やがてわたしの墓標に
ほそい光を投げかけてくれるように
時折は雨も来て
今日のようにぽつぽつ　語りかけてくれるのだろう
ちいさな雨が　わたしは好きです

担語三兄弟

——ちかごろ都にはやる歌〝だんご三兄弟〟を捩って

世紀が変るので
国境いの森へ出稼ぎに行っていた兄さんたちが
まもなく帰ってきます
着替えや
いろんな書類の書き替えを役場で済ませて
出直すためです
北側の台所で
わたしはパンの生地をこねています

「見ててごらん」
と母さんは日の差す窓ぎわに立って
道のほうを見やりながら　いいます
「上のふたりは　木いちごひとつ
雉《きじ》の羽いちまい持たずに

しおたれて帰ってくるから――
まったくあの連中の吐くコトバときたら
意味ってものが　あるんだか無いんだか！
軒下の蜘蛛だってもっとましな
すじみちの立った巣を張るよ
だから獲物も
ひっ掛かろうっていうもんじゃないか」
自分が産んだ子だということを
忘れてしまったみたいに　母さんはしんらつです
森の番小屋でも兄さんたちは
口から泡をとばして　わけのわからないことを
喋り合っているのでしょうか
国境を越えてとんでくる鳥たちにも
それは通じていかないのでしょうか

こねたパン生地をわたしは丸めています
ぬれ拭布をかけて　しばらく寝かせておくのです

夕方ちかく
上のふたりの兄さんは
疲れきった表情で　肩を落して戻ってきました
汚れた服を洗ってあげようと
兄さんたちが脱いだものを全部かかえて
わたしは裏庭の洗濯場へ行きました
上衣のポケットもズボンのポケットもからっぽで
母さんの予言通り
木いちごひとつ
雉の羽いちまい
はいってはいませんでした

小兄《ちい》さんが帰ってきたのは
だいぶ晩くなってからでした
小兄さんは無口なほうで
せっせと歩いて行きましたから
上の兄さんたちより　ずっと遠くの森まで行けて
収入《みいり》のいい仕事にありつけたのです
小兄さんが時折口にするコトバは
風――といえば　それはもう風なのでした
石――といえば　それはもう石なのでした
麦の穂といえば　麦の穂のイガイガが
聞いた者の手や頬を掠るので　かゆくなります
森の木や草たちにも
小兄さんのコトバはよく伝わって

空をゆく雲も
雲——と呼ばれれば立ちどまり
小兄さんの頭上で　ちょっとのあいだ
遊んでいくみたいなのです
わたしも　小兄さんのコトバを聞くと
なんだか　こう　胸のなかに
あかりがついたような気もちになります

森がくれたおみやげだといって
小兄さんはふくらんだポケットから　卓上に
胡桃をたくさんたくさんとり出しました
「神さまのノーズイのようだね　これは」
と母さんは　てのひらにひとつを載せてご機嫌です
カミもホトケも無い　って母さんは

ふだんはいっていますのにね
美しい国——というのがもしあるとすれば
そこへの道すじを記した地図が
折り畳まれて蔵ってあるのではないか　とわたしは
殼を撫でてみて　思いました

かまどの中で
パンがふくらんで　香ばしい匂いをたてはじめました
あたらしい世紀がきても　わたしは古い台所で
あいかわらずパンを焼きつづけるでしょう
ふいに今　わかったことがあります
それは　パンだけが
わたしが持っている確かなコトバなのだ　ということ
三人の兄さんたちとは

ちょっとちがったり　大いにちがったり
するのだけれど　それでいいですか
胡桃を握ったまま　もう居眠りをはじめている母さん
世の中をずうっと見てきて
だいぶ年寄りになられた　母さん

＊「だんご三兄弟」作詞・佐藤雅彦×内野真澄／作曲・内野真澄×堀江由朗

この足のうら

台所のある階下へと階段を降りながら
自分にこう言い聞かせるのが
朝ごとのわたしの習わしだった
今踏みしめているこの地球の
はるか真下の国　わけても戦乱の絶えない国の
ひとびとの飢餓　苦痛　悲しみ　憤り
それらをこの足のうらが感受できなくなった時
おまえは病んでいると思え、と

あの足のうらはどこへ行った
しなやかだった　あの足のうらは？
わたしは病んでいるのか
躓かぬよう　転ばぬよう
地面にしがみつくようにして

歩を運んでいるこの頃のわたしは
すでに病んでいるのか　どこへ失せた
つねに世界を感受していた　あの敏感な足のうらは？

誤ってガラスの破片を踏んだことがあった
土踏まずに豆粒ほどの痣がのこった
それが黒ずみ　やや大きくもなっている
さては悪性黒色腫《メラノーマ》？
癌センターに駆け込み　検診を受け
杞憂とわかったが
恥ずべきである　この狼狽ぶりは
たかがひと粒の血豆ごときに

野原を走って行く少年の

すこやかな脚が　今地雷を踏んで
片っぽ　吹っ飛んだかも知れないのだ
少年にこの先与えられていた
数千数万キロの光る道を
どうやったら償ってあげられる?
砂糖黍《さとうきび》を　ライ麦を
すくすく育てる土のぬくとさを
吹っ飛んだ足のうらに
どうやったら伝えてあげられる?
奪ったのは　わたしかも知れないのだ
いいえわたしだ
自分ひとりを支えるのに汲汲としている
情ない　腑甲斐ない
この足のうらよ

II

凪

——故人となられた伊藤信吉さんに

もしかして信吉さん
元総社村の〈西ん家《にしんち》〉を出て
利根橋を渡り　川向うの萩原朔太郎さんの家へ
しげしげと通われた青春時代
また壮年の頃　東京から帰郷をなさるたびに
桑畠の中の道をいそぎながら
上州のからっ風とはべつの
ちいさな風に　吹かれはしませんでしたか
（それはわたしです
稚い日のわたしの風です！）

「私の生地は
東北本線小山から

エンピツ書きのような支線に乗りかえて
筑波のむらさきがすこしずつ濃くなるほうへ
　ことこと揺られていったところ」
という書き出しの小詩を
いつか紀行文の中へ
採りあげてくださったことがありました
わたしの生家は
桑苗の生産を業としていましたから
群馬や山梨　その他遠隔の養蚕地帯から
買付の客が常時出入りしていました
その中にあなたの父君　あるいはお祖父様が
いらしたのでは　と思うのです
桑苗の束に括りつける荷札に
〈絹結園〉というスタンプを押すしごとを

帳場に坐って　させて貰った記憶があります
すんなり細いステッキ状の苗木にも
さわったことがありました
その苗木が　信吉さんの村にも植えられ
すくすく育ち　葉をそよがせて
文学への熱にほてったあなたの頬に
触れたことも　あったのではないかと

信吉さん　あなたへのなつかしさが
そうしたアイデンティティを共有していることに因るのだと
お話する機会はいくらでもありました
毎年三月に開かれるH氏賞運営委員会のあとの雑談で
地方のイベントに招ばれて帰る新幹線の車中で
でもなんとなく言いそびれていたのは

含羞のひとでいらした信吉さんの
はじらいがわたしにも罹《うつ》って
ただ微笑むだけでよし　としていたのかも知れません

今日わたしは　前橋でのしごとの帰り
あなたが初代の館長をつとめておられた
土屋文明記念文学館を遠くから眺めてみたく
夕暮れの保渡田をひとりで歩いてみました
このあたりにも桑畠がまだ散在しており
その上を吹く初秋の風が
わたしの髪をゆすって行きました
ふとこんなお声が
耳元でしたように思いました
（それはわたし　こっちへ来て

ヒマができたのでね
わたしが吹かせている風！）

はげしく生きてきた者だけが……

——故矢川澄子さんに

幼女が摘んだ
ひと握りの野の花のようだった
矢川澄子さん――

めずらしく並んで
吊り皮につかまり電車に揺られていたことがあった
(たぶん　野溝七生子という老作家の
　内輪の祝宴に出席しての帰り)
もう何年も経っているのに
わたしたちはめったに会うことがなかったから
新聞であなたの死を知った時
ふいに鮮烈に浮びあがったのは
あの時かたわらに立っていたあなたの可憐な姿だった
どんなむくつけき手があの細い腰を鷲掴みにして

理不尽に拉し去ったのか！

だが　その感慨は間違っていた
わたしはすぐにその間違いに気づいた
鷲摑みにしたのは　矢川さん　あなたのほうだった
あのきゃしゃな腕で　繊細な指で
あなたは摑みとったのだ　この世で唯一確実なものを

恋も愛も名声も富も（おお自分さえ）
こわれやすい　移ろいやすい　あてにならぬ不確かなものばかりが
溢れている地上は永住に価いしない
死の中にしかゆるがぬ実在は無い
はげしく生きてきた者だけが
やはりはげしく　わが手でそれを獲得するのだ

野原に佇む幼女のてのひらの中で
萎れかけていた花の茎が
にわかにいきいきと生彩を放ちはじめた
〈涼しき道〉を
あなたはもう　どのあたりまで往かれたことか
なまぬるく生きてきたわたしは
尚なまぬるい汗を噴き出す体をもつことを愧じながら
今日は電車にも乗らず　人混みの中を
ぶつかりぶつかり　のろのろと行く

あんかおろして

――川崎洋さん追悼

「川崎洋さんて、どんな方？」
「ふふ、ヤナギの葉のような目をしたひとですよ」
川崎さんがいなければ
おそらく上京はしなかったろう　という高橋睦郎さんと
そんなやりとりをしながら
はじめて会う「櫂」の詩人を待ったのは
あれは新橋のホームだったかしら
それとも有楽町？
三人で山手線に乗って
どこへ行こうとしていたかは思い出せないのに
ほどなくして階段をかけあがってこられたあなたの
まどかなお顔ははっきりと憶えている
なるほど　ヤナギの葉のような目を
さらに細めて　挨拶をしてくださったことも

〈ゆめにぬれるよ　はくちょう
　たれのゆめに　みられている？[*1]〉

ことば好きなあまりに
〈はくちょう〉が食欲旺盛で
悪食もする鳥だったとは知らなかった
　〈ずいぶん長い顔だね　馬が紙くずかごをくわえて、
　シルクハットをかぶったようだね[*2]〉
てやんでえ　すっとこどっこい　おとといこい
あなたの食物小屋には
いきで　鯔背《いなせ》な　江戸っ子の悪態語が
とれたての魚みたいに
ぴちぴちはねて　戸口の外まで溢れていた

あったかい血の通った
ことばを求めて蒐められた方言の中でも
釧路の漁港の居酒屋で耳にしたという
〈あんかおろす〉が私は好きだ
つまり　錨《アンカー》をおろす
あんかおろして　いっぱいやっか
板子一枚下は地獄の荒海で
体を張って漁をする男たちが
陸へあがってほっとひと息
仲間の肩を叩いて　いかにも言いそうなことば

川崎さん
うつくしい秋晴れの日に船出をされたあなたは

今　どのあたりの港に立ち寄っておられるのだろう
ことばの海で
半世紀あまりもお仕事をしてこられたのですもの
気にいった赤ちょうちんがあったら
あんかおろして
あのヤナギの葉のような目をうっとりと細めて
いっぱいやってください
安西均さんや　黒田三郎さん　中桐雅夫さん　田村隆一さん
常連客が
もう　出来あがっている頃かも知れませんよ

＊1「はくちょう」部分
＊2『かがやく日本語の悪態』（草思社）所収、八代目桂小文治「縮みあがり」より

良寛——組曲

春の一日

弥彦《やひこ》の岡で　子どもらと
時のたつのも忘れ　花摘みをしていたので
今日はまだ鉢の子に*1
粟粒ひとつ入っていない
良寛さん　夕餉《ゆうげ》の飯《まま》はどうするの
子どもらは憂いてくれるが
一夜のひもじさなど　何ほどのことがあろう
すみれ　たんぽぽ　鉢の子に盛りあげ
みほとけにお供えしよう
ひかりの中にも
三世《みよ》*2のほとけはみちみちていらっしゃる
ふもとをめぐる流れの中にも

みほとけはみちみちて
せせらぎと共に歌うていらっしゃる
子どもらよ
いとけない手に握りしめた　野の花を
鉢の子によそうておくれ
すみれ　たんぽぽ　つくしんぼ
みほとけの数ほど　お供えしよう
暮れなずむ春の日
やわらかく　あたたかい春の一日《いちじつ》

五合庵

みなもとを求め
川上へとさかのぼって行ったが

みなもとと呼ぶたしかな場所は
どこにも無かった
ひとあし　ひとあし　踏みしめる足もとから
水が湧いて
〈今　ここ〉がつねにみなもと――そうと知った
世を捨て　名利《みようり》を捨て
国上山《くがみやま》のふところに身を寄せた
冬の庵《いおり》の
はらわたも凍える寒さ
薪《たきぎ》も尽きたが　雪が止めば
こうこうと月が　冴えわたる
さしこむ光に
書を読み　詩歌をつづるのだ
諸国をめぐり　修行も積んで

悟りを得たが
それさえもう　超えてしもうたよ
あるがままに生きる
〈今　ここ〉で
自然と共に　あるがままに

鞠《まり》をつこう

ぽく　ぽく　ぽく
鞠をつこう　鞠をつこうぞ
山はおのずから高く　おのずから水は流れる
おのずから鞠も　はずもうぞ
ぽく　ぽく　ぽく
阿《あ》耨《のく》多《た》羅《ら》三《さん》藐《みゃく》三《さん》菩《ぼ》提《だい》＊3

鞠ついて　まるくなろうぞ
ぽく　ぽく　ぽく
大人も　子どもも　まるくなろうぞ
鞠つけば
草が芽を出し
もぐらももぞもぞ動き出そうぞ
阿耨多羅三藐三菩提
ぽく　ぽく　ぽく　ぽく　ぽく
ひいふうみいよう　いむななやあ　ここのとお
とおとおさめて　またひとつから
とおとおさめて　またひとつから

今はあい見て

貞心尼《ていしんに》　貞心
こころのうちにその名を呼べば
枯枝に花のひらく心地がする
ほっかりと　あかりのともる心地がする
会えぬ日がいくにちも続くと
若者のようにくるしい　さびしい
わが庵《いお》への道を忘れてしもうたか
八重むぐら　草がはびこり
道をかくしてしもうたか
なんと名づけようぞ　この
心のときめき
老いらくの身におとずれた

いのちの華やぎ
——いついつと待ちにし人は来たり来たり
今はあい見て何か思わむ[*4]

＊1　たくはつに用いる鉢
＊2　過去・現在・未来の無数のほとけたち
＊3　法華経の一節
＊4　良寛の和歌。ほかにも良寛の思想を盛りこむために、良寛の詩歌に拠っているところが多い。

Ⅲ

立冬——シーサイド南熱海

強い風が吹き
相模湾全面に白い小波が立って
沖へ　沖へ
と急いでいる

あんなふうに
いっしんに帰るところが　わたしにも
あるだろうか
と思いつつ眺めている
一皿のスープだけの　朝食後のひととき

起きぬけに
東方の海上初島《はつしま》にわずかにずれて
たしかに見えた　もうひとつの島影は

朝刊にも目を通し了えた今
うそのようにかき消えている

やはりあの島にも
こちらに目を凝らしている人がいて
「おとうさん　建物はひとつですよ
　目鏡が合わなくなっているんですよ」
家族にわらわれながらも
印刷ミスのようにずれて建っている高層集合住宅を
その目に捉えているのかも知れない
わたしが今いる十階のこの窓は
若しかしたらまぼろしの建物のほうにあって
すでに目からは消えてしまっている？

波か
と思えば
海面すれすれに　飛ぶかもめ
かもめか
と思えば
沖へ沖へと　急ぐ波

初島にて

見るほどのものは無いよ
みすぼらしい燈台がひとつ有るだけだよ
と夫は取り合ってくれなかったが
わたしはどうしても渡ってみたかった
海辺の暮しの
朝夕の眺めの点景となっている　その島へ

夫が何年か病み　他界した後
わたしはひとりで島通いの白い船に乗った
来てみれば　たしかに
見るほどのものは何も無い島だった
小一時間足らずでぐるりを回り
つぎの船が着くまでのあいだ
しょうことなしに草むらに屈《かが》み

スカンポを摘んだ

酸い茎を嚙んでいると
越えてきた海原のむこうに
岸辺に建つ高層の集合住宅が見えた
最上階の一角にあるわたしたち夫婦の部屋の
海に面した窓が見えた

波風ひとつ立てることなく
おだやかに死んで行った夫の生涯が　見えた
わたしはどうだったか
わたしはどうだったか
それも　見えてはきたのだが…

この草の名を
虎杖《いたどり》というのだと知ったのは
あれは　何歳《いくつ》になった頃だったろう
根は子堕《おろ》しの剤にもなるという
したたかなこの草の名を

船が入ってきた
桟橋へといそぎながら　わたしは
萎れた茎を
たぷたぷと岸壁にまで寄せてきている
海へ抛《ほう》った

草シネマ

シーツみたいな映写幕が夜風にはたはた波打って
映し出された女の顔や男の背中が
ふくらんだり歪《ゆが》んだりするのを　女の子は
草地に立って　裏側からまばたきもせずに見ていた

若い娘が一大決心のもとに
家を出ようとしていた　トランクひとつ提げて
ところへ　さっと驟雨　村びとたちは
慌てて団扇《うちわ》や手拭いを頭にあてがい散っていった
スクリーンはずぶ濡れ　活動写真は中途お流れ
娘は男と手をとり合って
終列車に乗り込めたのか　それとも連れ戻された？

女の子は長じてからも

ことに男女の物語　じぶんが当事者の場合でさえ
少し離れて　裏側から眺めるのが習性になった
いい場面が展開しそうになると
きまってさっと驟雨がくるのだ　土砂降りの雨が

砂

モンゴルから帰国の途中
ある窓口で「年齢は？」と訊《き》かれ
答えはしたものの
——蜉蝣《かげろう》のごとき生哉《かな》！
予期せぬ感慨が涌《わ》いてわたしを蹌踉《よろ》めかせた
七十歳など何ほどのことがあろう
その時わたしは七千万年前の
恐竜の孤独を思って歩いていたのだった

一匹のフンコロガシより
巨大なからだを授けられた生き物のほうが
ずうっとずうっとずうっと寂しい
ずうっとずうっとずうっと哀しい
ひとりぼっちの彷徨のすえ

地平の涯でようやっと
もう一体の〈ひとりぼっち〉と出会えたとしても
クレーン車とクレーン車がぶつかり合うようなもので
まぐわうにも
不便なことこの上無しだもの
もたもたするうちに
巨体をも一挙に呑みこんでしまう砂あらしだ

ゴビ砂漠から
小壜にいれてこっそり持ち帰った砂の中には
気の毒なタルボサウルスも　旅の僧侶も
チンギスハーンも　粉末になって混じっている
こうして小壜を握りしめ　時に透かして眺めていると

億年も億光年も今やわたしの手の内である
わたしの未来の骨粉なども
チラリ　見えたりして

骨

やっぱりあれは
わたしの　骨だった
肋《あばら》だったのだ

短い草がつよく匂う草原に
籠状にかたちを遺して
陽に曝されていた　白い骨
老いた羊か
隊商について行けなくなった子供の駱駝の
骨なのだろうと
わたしたちは頷き合って
かたわらを通り過ぎたのだが

遙か西方

二百年の栄華を砂にかき消されたという
黒水城《カラホト》の遺跡をわずかに踏んだのは
貧相な翼しか持たないわたしたちの想像力の
黄色いほそい足だけだった
ゴビ砂漠の
視野には収まりきらぬ茫漠たる広がりを一望したのみで
わたしたちは又　先程の骨のほとりを通り
その夜の宿泊所の
天幕《ゲル》に引き返してきたのだった

あれはわたしの骨だった
骨だったのだ　と今は
しきりに思う

幼い日　母は
塩焼きのヤマベやイワナを
てのひらでやわらかく揉みほぐしては
頭ぐるみじょうずに骨を引き抜いて
わたしのお皿にのせてくれた
旅から帰って三年
残余の膏《あぶら》を横たえているこのベッドは
いかなる人の食卓に差し出された皿か

きょうも
永劫の彼方から吹いてくる風は
天空だけが読みとれる詩文を砂上にしるし
草原にまで吹き渡って
かの肋を

遊牧民《ノマド》手作りの素朴なハープのように
ときには馬頭琴のようにも
奏でていることだろう

その調べが
ふと　聞えてくる夕べがある
〈モンゴル秘史〉から忍び出てきた蒼い狼*が
わき腹のあたりで
かるい寝息をたてている夜も

* 成吉思汗（チンギスハーン）。井上靖氏の小説『蒼き狼』による名称。

ちょん、ちょん、と小鳥が…

ちょん、ちょん、
と小鳥が枝移りしている
なんという名の小禽か知らないが
隣家の庭　こちらの塀寄りに立つ
ヤマボウシの葉の繁みに
両腕で描く輪ほどの隙間があって

窓際の机に頬杖ついて　見ているわたしと
小鳥とだけが共有するひそかなこの空間には
誰もまだ気づいていない
白いヴェールを風になびかせ
自転車を漕いで行く近くのドミニコ学園のシスターも
木の下をくぐって奥の勝手口へと
荷を届けに行く宅配便の若者も

受け取りに出た老夫人も

ちょん、ちょん、
と小鳥の枝移りは続く
わたしの中でもさきほどから
ちょん、ちょん、
と頻りに枝移りするものがある
このところ　矢継ぎ早に去っていった
詩人の誰彼が……

今年の夏はとりわけ暑く長かった
疲れが木にも出ているらしく
ちらほら目立つ
赤茶けた葉　ふちの縮れた葉

しかしいずれは落葉の季節がきて
木枯しがそれらをすっかり運び去るだろう
小鳥のすがたもすでに無く
露わになった枝枝の影もつくらぬほどに
冬の日差しはやわらかく
あっけらかんと　明るいだろう

もうじき　わたしも
丸見えになる

暗誦

イエーツの詩を
そらんじようとしています
黄ばんだ詩集のとあるページに
若い日には見過していた
深く美しいスタンザが　あることに気づいて

わたしは髪が白くなり
もの忘れもひどくなって
昨日はそらんじられたのに　今日はまた
詩行を活字で辿ることから始めなければならない
よしんばそらんじられるようになったとしても
川辺のビヨウヤナギが
春になって新しい芽をふくように
感性にみずみずしさが蘇り

このような詩が　わたしにも
書けるようになるとは　思われない

やがて渡る
向う岸にも
この家とそっくり同じ家があって
イギリスの古い城館を毀した時に出たという触れ込みの
煉瓦を積んだ暖炉がことのほかお気に入りで
火の前へ　ときどき坐りにきてくださる
ひとがいて

あの世にも
この世と同じく星がめぐっているのなら
はやばやと渡って行かれたそのひとの髪も

かがやくように白くなり
あの頃のように並んでソファーに坐っても
静かに老いた兄と妹――
と傍目《はため》には見えるでしょう

でもほんとうはこのようでありたかったと
ひそかに描き続けてきた暖炉のほとりの情景を
異国の詩人の詩の中に見つけ
つかえながらも懸命に
そらんじようと　しているのです
そのうち　明日か　もっと先か
そのひとのそばで
ひとりごとのように低声《こごえ》でつぶやいてみようと
ただ　それだけのことのために…

ページを押える指先が　今日はとても冷える
こちらの岸のこの家にも
そろそろ暖炉に　火を入れる季節です

草に坐って

まだ幼くて
正しく音階に乗せられない
男の子の　たどたどしいうたを
草に坐って
きいていると

百の自分
千の自己と思いなしていた
万象《ものみな》から　半音はずれ
世間からも　半音はずれて
ほんとうの自分
ただひとりの自己に
なれた気分

……タンポポ　ワタゲ
　ハジケテ　ハジケテ……

どこかへとんで行くのもいいし
とんで行かずに
ここで　こうして
風に吹かれているのも　いいな

あとがき

これらの詩篇は、全詩集刊行（二〇〇〇年）後の、刈田に芽生えた蘖《ひこばえ》のようなものです。ほどほどの数を引き抜き、ここに束ねてみました。九州のある地方では、二度目の収穫のほうがおいしい寿司米になるそうですが、それは、光と水に存分に愛された、肥沃な土地であるからでしょう。私の居住する圏内では、太陽もすでに、老いているのです。

「現代詩 ラ・メール」時代から、ひとかたならずお力添えを頂いた思潮社の小田久郎氏が、手を差し伸べてくださいました。万端の面倒をみてくださった編集部の藤井一乃さん、個個の作品に、発表の場を最初にお与えくださった紙誌の皆さまにも、あつくお礼を申しあげます。

ありがとうございました。

二〇〇七年春

新川和江

初出一覧

Ⅰ

遠く来て　「詩と思想」二〇〇二年三・四月合併号
記憶する水　「現代詩手帖」二〇〇四年一月号
ときどき自分が…　「現代詩手帖」二〇〇三年一月号
欠落　「女性のひろば」一九九九年五月号
真夏の木　「女性のひろば」一九九九年八月号
ワイパー　「詩学」二〇〇五年十二月号
担語三兄弟　「現代詩手帖」一九九九年八月号
この足のうら　「詩人会議」二〇〇五年八月号

Ⅱ

凪　「現代詩手帖」二〇〇二年十月号

はげしく生きてきた者だけが…　「ユリイカ」二〇〇二年十月臨時増刊号

あんかおろして　「現代詩手帖」二〇〇五年一月号

良寛——組曲　「現代詩手帖」二〇〇一年一月号
（新潟・「吉田フラウエンコール」の委嘱による作詩、作曲・鈴木輝昭）

Ⅲ

立冬　「野守」二〇〇一年二月号

初島にて　「詩と思想」二〇〇六年十月号

草シネマ　「朝日新聞」二〇〇一年五月二十六日夕刊

砂　「東京新聞」二〇〇〇年一月十一日夕刊

骨　「現代詩手帖」二〇〇六年一月号

ちょん、ちょん、と小鳥が…　「現代詩手帖」二〇〇七年一月号

暗誦　「燦」二〇〇六年十月号

草に坐って　「ミッドナイト・プレス」二〇〇五年春号

記憶《きおく》する水《みず》

著者
新川和江《しんかわかずえ》

発行者
小田久郎

発行所
株式会社思潮社
〒一六二―〇八四二　東京都新宿区市谷砂土原町三―十五
電話〇三（三二六七）八一五三（営業）・八一四一（編集）
FAX〇三（三二六七）八一四二　振替〇〇一八〇―四―八一二一

印刷
三報社印刷株式会社

製本
小高製本工業株式会社

発行日
二〇〇七年五月三十一日　第一刷　二〇〇七年七月三十一日　第二刷